DU GÉNIE DE VIRGILE.

DU

GÉNIE DE VIRGILE,

PAR

Hippolyte Fortoul.

LYON.
IMPRIMERIE DE L. BOITEL,
QUAI SAINT-ANTOINE, 36.
1840.

A mon grand père,

Hommage de ma reconnaissance et de mon affection eternelles.

H. Fortoul.

DU

GÉNIE DE VIRGILE.

Dans ces dernières années on a beaucoup déclamé contre les Grecs et contre les Romains. Cependant l'indépendance et l'originalité profonde qui brillent dans la plupart des écrivains et des poètes de la Grèce, leur ont fait plus aisément trouver grâce auprès d'une génération qui a mis les hasards même de la liberté au dessus de toutes les beautés que l'ordre et l'harmonie enfantent. L'unité que celle de leur vaste empire donnait aux auteurs romains, cette sorte de grandeur plus réglée qu'ils tiraient du sentiment des destinées politiques de la ville éternelle, leur ont fait, parmi nous, des ennemis irréconciliables. S'il était vrai que le génie des poètes latins ne se distinguât point de celui des écrivains de la Grèce, et ne les dépassât même par quelque côté, il faudrait croire que la puissance politique d'un état et l'enthousiasme qu'elle excite chez le peuple, loin d'être des causes de splendeur littéraire, ne servent, au contraire, qu'à abaisser les sentiments et les idées dont les arts sont l'expression.

Sous la protection des noms les plus illustres et des plus graves autorités, l'opinion s'est répandue qu'Horace n'était que le vil flatteur des instincts les plus bas de l'ame humaine; et, comme il s'appelle lui-même en jouant,

.... Epicuri de grege porcum (1),

on s'est hâté de dire qu'il avait dépensé tout son génie à traduire dans la langue de Rome ce que la littérature grecque avait produit de plus lâche et de plus sensuel au temps de sa décadence. Cependant croit-on que, même dans un moment d'ivresse, il eut osé promettre l'éternité à son petit volume.

..... monumentum ære perennius (2).

s'il n'y avait déposé que des sentiments efféminés et désho-

(1) Epist. IV, lib. I.

(2) Od. XXX, lib. III.

norants. Ce n'est pas seulement l'harmonie concise de son vers qu'Horace emprunta au mode éolien de Sapho,

> Æoliis fidibus querentem
> Sappho (1),

et au ton mâle et sublime du vieux Alcée,

> Et te sonantem plenius aureo,
> Alcæe, plectro dura navis,
> Dura fugæ, mala dura belli (2)!

Il appropria souvent cette forme nerveuse à la philosophie stoïcienne dont elle semblait être l'expression naturelle ; lorsqu'il en revêtit les idées d'Epicure, il leur donna, grâce à elle, je ne sais quelle vigueur secrète qui en changea le sens même, et il mêla ainsi à leurs lassitudes et à leurs amorces un sentiment profond et puissant de la vie, qu'on ne rencontre point, à un degré aussi haut, chez les poëtes les plus énergiques de l'âge moderne.

Le platonicien Virgile n'a pas été plus épargné par les réactions de notre temps. On a cru l'avoir condamné quand on a eu dit qu'il avait imité ses Eglogues de Théocrite, et son Enéide d'Homère ; pour les Géorgiques, après les avoir comparées à l'un des poëmes d'Hésiode, on a fait encore observer que le sujet en était sec, et mal distribué, et, qu'à l'exception de quelques épisodes tissés sur des lieux com-

(1) Od. XIII, lib. II.

(2) *Ibid.*

muns, on n'y trouvait que de beaux vers appartenant au genre descriptif, le plus humble de tous.

J'oserai dire que les corps chargés de la gloire de ces grands génies les ont mal défendus. On a trop souvent soutenu, par une dispute de mots, un combat engagé au nom de sentiments et d'idées dont il aurait fallu demander un compte sérieux; on a beaucoup insisté sur les particularités, on a vanté d'admirables hémistiches, on a cité des pensées finement rendues, des sensations vivement interprétées; et on a cru accabler par cette guerre de détail un ennemi qu'il fallait vaincre sur son propre terrain et par ses propres armes. Car, depuis le dernier siècle, l'esprit humain a changé sa méthode; las de s'imposer la loi mobile et contingente des faits, il songe enfin à les soumettre au gouvernement éternel et nécessaire de ses idées.

Ce n'est donc point de la versification de Virgile, mais de sa poésie qu'il faut parler aujourd'hui; c'est par l'esprit même du poète qu'il faut éclairer sa forme et la justifier. J'ai interrogé le génie de Virgile sous les ombrages qui ont protégé son berceau; et je voudrais pouvoir révéler tous les secrets que Mantoue m'a appris.

Lorsqu'on vient de Venise à Mantoue, on trouve, après avoir traversé Padoue, des pays d'une culture grossière, des campagnes sablonneuses où aucun village ne s'élève, où aucune route n'est frayée. Ce désert commence au pied des monts Euganéens, qui ont aussi abrité la retraite d'un grand poète, de Pétrarque, et qui, couverts de ruines et de ronces, ne cachent plus aujourd'hui que les vipères utilisées par la thériaque. Dès qu'on a vu le vert sommet de ces collines disparaître sous les chaudes vapeurs de l'Orient, on tombe dans des chemins impraticables; les chevaux suent, l'essieu crie, les roues ont peine à avancer dans une terre sèche et mouvante; de toutes parts s'étend une vaste mer de glèbes dures et soulevées, au dessus desquelles l'œil n'aperçoit que le soleil qui les brûle. Là, on peut prendre une juste image du labour pesant des peuples latins. Mais quand on a passé l'Adige, à Legnano, la verdure renaît; au milieu de peupliers élégants, sous les berceaux des vieux saules, vous roulez sur une route facile, à travers un paysage gras et fertile. De grandes vaches traversent lentement les pâturages; du sein des herbes épaisses, les oiseaux s'élancent au ciel et saluent cette heureuse contrée de leurs chants vifs et hardis; l'eau baigne de ses ruisseaux le pied de toutes les plantes, et charge de ses perles leurs tiges les plus hautes; tout révèle une nature humide et féconde; tout annonce l'approche du fleuve.

> Propter aquam, tardis ingens ubi flexibus errat
> Mincius, et tenerâ prætexit arundine ripas (1).

Arrivé sur ses bords, vous êtes frappé d'un spectacle inattendu: comme une autre Venise, Mantoue s'élève du sein des flots, ses murailles noires, les arêtes crénelées de ses palais, les

(1) Georgic., lib. III.

cîmes angulaires de ses tours, se détachent aussi entre la plaine des eaux et celle du ciel. Mais, lent et marécageux, le Mincio n'a point l'azur mobile et étincelant des lagunes,

Limosoque palus obducit pascua junco (1).

Les vapeurs lourdes qui s'élèvent de ce lac embourbé, l'aspect austère de la ville qui semble s'endormir sous leur poids, impriment à la pensée un invincible besoin de repos ; lorsqu'on cherche du regard un abri propice, on aperçoit, au fond de l'anse la plus vaste que le marais échancre, par delà les joncs, un bouquet d'arbres plus pressés sur une prairie plus grasse et plus verte.

Et, si quid cessare potes, requiesce sub umbra.
Hùc ipsi potum venient per prata juvenci,
Hic viridis tenera prætexit arundine ripas
Mincius, eque sacra resonant examina quercu (2).

En ce lieu si tranquille se cache un hameau qui a changé son nom d'Andes pour celui de Piétola; la fraîcheur et la paix de ce petit verger inondèrent l'ame de Virgile qui naquit sous son ombre, et qui, avec ses rosées et ses parfums, rafraichit le monde, alors dévoré par la soif du sang et par les fureurs de la débauche.

Au milieu même de Mantoue se dresse cette tour de la *Gabia* qui est encore un objet d'effroi : c'est une cons-

(1) Eclog. I.
(2) Eclog. III.

truction de briques, haute et carrée, au sommet de la quelle est attachée une cage de fer où l'on exposait autrefois les criminels condamnés à mourir de faim. Le patient étendu sur cette claie ne pouvait pas même s'y lever à mi-corps; et les cris de son agonie ne pouvaient descendre jusqu'au peuple sur la tête duquel il était suspendu. Lorsque la révolution rouvrit aux Français la route de l'Italie, faisant partout justice des anciennes cruautés, ils renversèrent cette cage, comme ils ouvrirent les cachots de Venise. Plus tard, Napoléon changea la tour fatale en un belvédère qui porte encore la trace de ses visites, et du haut duquel il pouvait embrasser, d'un seul coup-d'œil, presque tous ses glorieux champs de bataille semés dans la Lombardie à côté de ceux de Louis XII et de François Ier. Quel admirable tableau ! Au midi, on aperçoit les crêtes des Apennins voilés par les vapeurs enflammées de l'horizon; au couchant la plaine sans limites qui fuit vers le Milanais; au levant, une autre immensité qui mène à Venise; mais, au nord, l'œil se repose sur des lignes plus arrêtées ; il distingue aisément Vérone assise au pied de ses montagnes, les rochers dont les bras gigantesques entourent le bassin du lac de Garda, le vaste soulèvement des Alpes dont les dernières palpitations accompagnent le cours de l'Adige. Sur cette tour, en élevant mon regard de la saulaie touffue de Piétola, vers la chaîne des Alpes, il me sembla que je venais de pénétrer le secret du génie de Virgile.

Les montagnes occupent une place importante non seulement dans les harmonies physiques de la terre, mais encore dans les harmonies morales de l'espèce qui l'habite. De leurs sommets descendent ordinairement les races qui renouvellent la civilisation ; et lorsqu'elles se sont, à leur tour, amollies et corrompues, on dirait que c'est encore aux lieux d'où elles sont parties qu'elles trouvent les inspirations et les sentiments destinés à les régénérer. Ne voit-on pas, depuis près d'un siècle, l'Europe entière, tourmentée par toutes les passions du doute, accomplir son pèlerinage aux montagnes ? La nature ne respire-t-elle pas en elles plus fortement ? En elles les cœurs déchirés et les esprits malades ne trouvent-ils pas la paix et une sorte d'espérance ?

J'ai toujours remarqué qu'il y avait deux espèces d'hommes qui naissaient volontiers aux pieds des montagnes : les architectes et les poètes. Lorsque la société est puissante, les premiers empruntent aux arêtes de l'architecture divine, les formes de celle qu'ils accommodent aux besoins de l'homme. Lorsque la société est défaillante, les seconds demandent aux têtes virginales des monts, aux forêts qui couvrent leurs flancs, aux lacs qui baignent leurs pieds, des images et des voix pour bercer la tristesse du genre humain, ou pour relever son courage. Quel tableau on présenterait, si on réunissait les noms de tous les grands artistes que les Alpes ont nourris de leurs fécondes mamelles, chez tous les peuples qui s'abritent sous leurs croupes puissantes ! Qui retrouvera les titres de parenté de cette glorieuse famille ? Sans sortir de la Lombardie, on peut en prendre une idée rapide.

Vérone conserve encore son amphithéâtre, l'un des plus beaux morceaux que l'antiquité nous ait transmis, et qui fut, sans doute, élevé, au temps de la république, par un artiste indigène. Plus tard, la même ville donna naissance à Vitruve, qui traduisit dans ses plus grandes constructions tout le côté organisateur du génie d'Auguste, et qui permit à cet empereur de dire en mourant qu'il avait trouvé Rome de brique et qu'il la laissait de marbre. C'est encore aux mêmes lieux que s'épanouit la grande architecture du seizième siècle. Si, au milieu des Apennins, Florence eût son Brunelleschi au quinzième siècle, Vérone inaugura le siècle suivant par le style plein de délicatesse de Fra-Gioconde et par les puissantes constructions de Sammicheli. A l'ouest, le dôme de Milan, où les artistes et les traditions de l'Allemagne se perpétuaient, servait d'école à Bramante et à tous les architectes qui, comme lui, tenaient encore par quelque point au génie religieux du moyen-âge ; à l'est, Vicene produisait, toujours au pied des mêmes sommets, Scamozzi et Palladio qui furent, pour ainsi dire, le dernier mot et la plus riche expression de la Renaissance.

La poésie fournit des exemples semblables. Catule qui annonça à la fois Virgile et Horace reçut le jour près de Vérone, à Sirmium, sur une pointe que la terre pousse d'une façon magique au milieu du lac de Garda ; mais n'ayant contemplé la majesté des Alpes qu'à travers les délices de ce beau lac, il livra sans réserve son ame à la volupté qui abrégea ses jours et intercepta son génie. Tite-Live qui berça aussi avec la mélodie de sa prose la grandeur du peuple romain, était né à Padoue. Comme Mantoue est le centre de la Lombardie, Virgile est le point vers lequel converge toute la poésie latine, et qui en rassemble les plus beaux rayons. Les deux Pline, nés également dans la Cisalpine, montrèrent ce que cette contrée pouvait produire pour la science, lorsque le règne de la poésie était passé. Au moyen-âge, les Apennins eurent une supériorité marquée; avant Brunelleschi, ils avaient produit le Dante, Pétrarque et Boccace. Mais au seizième siècle, comme l'architecture, la poésie aussi semble établir son siége dans la Gaule Cisalpine que les races celtiques et les Alpes rapprochent de notre pays. L'épopée de l'Italie moderne se fixe à Ferrare, à quelques lieues de Mantoue, où avait pris naissance celle de l'Italie antique. C'est là qu'Arioste réveille, après un siècle de sommeil, la poésie de la Péninsule, et ouvre la glorieuse carrière du *Cinque-Cento*; plus près des Monts, à Vicence, le Trissin, compatriote et comtemporain de Palladio, applique, comme lui, le rhythme antique à l'art moderne, fait la première tragédie classique, *Sophonisbe*, et compose le premier poème régulier l'*Italia Liberata da Gothi*, moule symétrique et glacé dans lequel le Tasse va bientôt couler l'ardent métal de son génie. Né aux bords de la mer de Sorrente, celui-ci fut élevé dans le nord de l'Italie; c'est à l'université de Padoue que fut formé son esprit aussi puissant que son imagination; c'est à la cour de Ferrare que se développa sa sensibilité, si féconde en douleurs. Aux mêmes lieux,

Guarini, cet Albane de la poésie, donna le signal de la décadence, par les douceurs immodérées de ses vers. Au dernier siècle, lorsque la littérature italienne sembla vouloir renaître encore une fois, Maffei se rencontra à Vérone, et Alfieri à Turin, pour seconder son essor de toute la puissance de leur savoir et de leurs mâles pensées. C'est entre ces deux points extrêmes, à Milan, qu'est né Manzoni dont le nom doit être placé au premier rang parmi ceux des poètes qui, dans notre siècle, ont élevé l'art au niveau des plus grandes idées et des plus grandes époques.

Dans cette revue de tous les enfants prédestinés qui ont reçu la glorieuse empreinte des Alpes, il faut que j'en cite un qui est né de l'autre côté des Monts, mais qui est pour nous la plus vive image de leur génie. Je veux parler de Rousseau, qui a donné à notre nation les institutions et les mœurs dont elle s'honore, qui a rendu à notre langue toute la poésie, toute la beauté dont elle est redevenue capable. Oui, à travers la distance des temps et des lieux, c'est à Rousseau que m'a fait songer la vue du berceau de Virgile ; et la comparaison de ces deux grands esprits, que j'ai faite là, malgré moi, me paraît jeter un jour nouveau sur la destinée du poète d'Auguste.

Faisons-nous une image de la situation de Rome et du monde au temps de Virgile. Songeons d'abord à tout ce que Salluste a dit, a tout ce que Tacite va bientôt dire. Souvenons-nous de cette guerre que Jugurtha faisait plus encore par ses trésors dans le sein du sénat, que par ses soldats en

Numidie; souvenons-nous de ce Catilina et de ses projets sanguinaires, ourdis dans les ténèbres d'une vie infâme; souvenons-nous de cette Rome venale, furieuse et obscène, dont le tableau nous a été laissé par un homme souillé lui-même de vices et gorgé de rapines. Voilà ce qui a précédé la naissance de Virgile et celle d'Auguste. Souvenons-nous aussi de ce qui suivit leur mort, de ce débordement inoui de cruautés et d'impuretés, de ces demences effrénées du despotisme et de la débauche dont Thraséas fut le martyr, Suétone le chroniqueur, Tacite l'inexorable juge. Remettons-nous sous les yeux, non pas la dureté de Tibère, les folies de Caligula, la féroce ignominie de Néron, qui semblent avoir épuisé l'horreur et le mépris du genre humain, mais les monstruosités du luxe de cette époque, les palais aussi vastes que des villes, les jardins qui contenaient un abrégé du monde entier, les viviers où l'on entassait par milliers les poissons de toutes les eaux; les cirques où l'on déchaînait les animaux de toutes les parties connues du globe; les amphithéâtres gigantesques où l'on mettait aux prises le troupeau des hommes avec celui des bêtes, toutes ces fantaisies énormes, farouches, signe de la plus effroyable dépravation qui ait jamais déshonoré notre espèce. Ce qu'on faisait encore avec quelque discrétion au temps de Jugurtha, ce que Catilina rêvait dans l'ombre, éclata tout ensemble et s'étala au grand jour sous les successeurs d'Auguste. L'égoût rompit les digues, les voûtes, les murs qui le contenaient; il inonda la ville éternelle de sa fange, de sa pourriture, de son infection.

Entre ces deux époques, quel fut le rôle du second César? Octave participa à toutes les barbaries, à toutes les hontes qui le précédèrent et qui le suivirent; Auguste y voulut mettre un terme, et y fit du moins un interrègne de modération et de pudeur. Jules César se rendit illustre autant par la mauvaise renommée de ses mœurs que par la splendeur de sa fortune; durant toute sa jeunesse, Octave imita plus les vices que le génie de son oncle. Pour ne point parler de ce qui précéda, marié à Claudia, belle-fille d'Antoine, il la délaissa pour s'abandonner à Fulvia, la mère de sa femme; il contracta un second mariage avec Scribonia, dont la réputation semblait n'avoir plus rien à perdre, et qu'il fut forcé de répudier; aussitôt il enleva, quoique enceinte, Livia Drusilla, femme de Tibère, son fils adoptif. De Scribonia, il eut cette fameuse Julia, qui prenait pour témoins de ses incestes et de ses adultères, non seulement la maison de son père, mais la ville entière et les Rostres mêmes, d'où il avait promulgué les lois qu'elle bravait ainsi jusque sur leur autel. Après qu'il eut été contraint à sévir contre elle, et à envelopper dans sa punition, Ovide, qui en avait été le confident et sans doute le complice, il ne fût pas toujours sévère envers lui-même. Malgré les lois, il s'était livré aux adultères, prétextant la nécessité de connaître les secrets de ses rivaux; lorsqu'avec Livia, il se fut assis au faîte de l'empire, il n'épargna ni la majesté de son rang, ni celle de son épouse, pour satisfaire ses inconstantes passions. Si Livia Drusilla s'abaissa pour lui au rôle que jouaient, au dernier siècle, des courtisanes couronnées, il eut aussi ses petits soupers dont la licence était poussée jusqu'à l'impiété. Il y faisait prendre à chacun des convives la forme de l'un des douze grands dieux, et il présidait lui-même à l'imitation de leurs adultères, revêtu du costume d'Apollon, dont il voulait passer pour le fils, et dont il avait adopté l'emblème, ainsi que fit plus tard un prince dont on a comparé le siècle au sien.

Le goût, qui est comme une seconde conscience des peuples, et qui est peut-être le plus sûr indice de leur moralité, n'était pas très pur chez Auguste, ni surtout parmi ceux qui l'entouraient. Au milieu des ruines qui couvrent le mont Palatin, l'archéographie a retrouvé toute la pompe du palais de l'empereur, immenses étages de constructions lourdement assemblées, galeries sur galeries, temples sur bibliothèques, théâtres sur prétoires, vaste amoncellement dont le plus grand mérite était, sans doute, de rappeler cette masse de l'Empire, composée de vingt royaumes réunis, de cent provinces entassées, de mille nations, de mille lois confondues dans une même domination. Ce bon Mœcenas qui protégea Virgile, et qui reçut de lui Horace à protéger, est accusé par Winckelmann d'avoir donné aux arts une direction détestable; il ne se plaisait qu'aux colonnes contournées et bizarres, aux ornements fantasques, aux peintures maniérées. L'afféterie de son esprit, l'emphase habituelle de son langage prêtaient à rire à Auguste. Marc-Antoine avait ployé la langue latine aux tournures ampoulées de l'Asie; Octave vainquit l'amant de Cléopatre, et se moqua aussi de lui *quasi ea scribentem quæ mirentur potius homines quam intelligant* (*Suet.* lib. 2, pag. 286., varior.); mais il avait sacrifié au génie de l'Egypte et il avait lui-même fait graver un sphinx sur le premier sceau dont il se servit. L'Orient remplissait alors Rome de ses dieux, de ses formes, de ses mœurs, de tout l'appareil de sa civilisation et de sa mollesse.

Octave n'eut pas la magnanimité de César parce qu'il n'en avait pas le courage. Le vainqueur des Gaules portait un grand cœur dans un grand corps animé par un tempérament bouillant. Le petit-fils de sa sœur Julie était d'une stature médiocre, d'une humeur disposée à la sérénité, d'un esprit qui donnait plus à la prudence qu'à l'audace ; il proportionna toujours sa cruauté à sa peur; tant qu'il craignit des rivaux ou seulement des obstacles, il ne se fit aucun scrupule de verser le sang à flots; ses proscriptions, plus odieuses que celles de Marius et de Scylla, furent sans respect pour les liens de la parenté, pour la majesté du génie ; sa faiblesse livra à Antoine la tête de Cicéron qui s'en allait philosopher tranquillement à Tusculum. La clémence dont il fit preuve dans la suite montre quelle devait être l'inhumanité de ce temps qui avait pu rendre si féroce une ame si naturellement paisible. Mais, au milieu même de ses prospérités, il n'avait pu se se délivrer des frayeurs qui avaient ensanglanté ses commencements. Jamais, il ne sut veiller seul au milieu de la nuit.

La paix qu'il rétablit dans le monde contribua à le corrompre, autant que ses cruautés l'avaient indigné. Pour pacifier l'Empire, il le livra en proie à ses vétérans : car l'ère impériale s'affermit en donnant cette solution à la terrible question agraire que les Gracques avaient posée sous la République. On connait les violences de ces soldats qui, jusqu'au milieu de l'Italie, dépouillèrent, au nom de leurs victoires, les anciens propriétaires du sol.

> Impius hæc tam culta novalia miles habebit!
> Barbarus has segetes! en quo discordia cives
> Perduxit miseros! en queis consevimus agros (1)!

Mais, ce qu'on ignore peut-être ce sont les vices que l'aisance et l'oisiveté durent promptement engendrer chez des hommes accoutumés aux durs travaux de la guerre. Cette dépravation du soldat romain devenu, par des violences inouïes, possesseur de la terre et de l'argent, fonda, sur les débris du vieux patriciat, l'aristocratie des banquiers et celle des prétoriens, qui, plus tard, se réunirent pour vendre le trône à Didius Julianus.

Ajoutez à ces maux un mal plus grand encore, d'où tous les autres dérivaient. Les Dieux de Rome s'en allaient; leur culte avait été remplacé d'abord par les croyances de la Grèce, ensuite par les opinions des philosophes que les jeunes Romains allaient déjà étudier à Athènes. Le jour même où Virgile prit la robe virile à Milan, Lucrèce mourut, qui, dans son poème, avait raillé, avec l'ironie d'un moderne,

(1) Eclog. I.

l'intervention des Dieux dans les choses de ce monde :

Neve aliqua divûm volvi ratione putemus.
. . . . , ...
Nequaquam nobis divinitus esse paratam
Naturam rerum (1). . . . .

Cette philosophie d'Epicure qui plaçait dans les sens toute l'autorité scientifique, toute la règle morale, convenait parfaitement aux esprits lourds et positifs des Romains, elle semblait leur apporter à la fois une consécration et un raffinement nécessaires; cependant elle ne satisfaisait point entièrement leur naturel qui les entraînait vers des croyances plus pesantes encore et à la fois plus fougueuses. Le paganisme chancelant cherchait à se recruter, en Egypte et en Asie, où la matière avait été divinisée sous mille formes splendides. La cupidité et la débauche avaient été intronisées dans Rome avec tous ces Dieux venus d'Orient; la subtilité des vaines discussions, autre peste plus dangereuse, y avait été apportée par les déclamateurs de la Grèce, cette progéniture inextinguible des sophistes. La dissolution s'attaquait ainsi, à la fois, au corps, à l'ame, à l'esprit; la grandeur romaine tombait en putréfaction au comble même de sa puissance. Les temps étaient consommés; le Christianisme était devenu nécessaire pour fermer l'ulcère du monde, il allait paraître; mais loin de l'attendre dans les prières, Rome noiait tout res–

(1) De natura, lib. V.

pect, toute croyance dans ses inquiètes saturnales; et c'était dans la troupe des pourceaux d'Epicure que se pressaient et se mêlaient les descendants fastueux et libertins des Décius et des Cincinnatus.

Tout-à-coup, au milieu de cette furieuse tempête qui semble menacer le monde de sa ruine, se fait entendre une voix pleine de douceur, de pureté et d'espérance; c'est celle de Virgile; elle chante les bergers, la campagne, les temps antiques. Rome est à sa fin, un poète la ramène à ses commencements. Tandis que la famine et la guerre civile désolent l'Italie, tandis que le meurtre encore récent de César et la première rencontre de Marc Antoine et d'Octave remplissent toutes les ames de crainte, il s'écrie :

Pascite, ut ante, boves, pueri; submittite tauros (1).

Tandis que la discorde éclate entre Octave et Antoine, tandis que l'Empire tout entier s'émeut pour savoir si c'est le génie de l'Occident ou celui de l'Orient qui va l'emporter dans la lutte nécessaire de ces deux hommes, il se décide hautement pour le vieil esprit romain.

Hanc olim veteres vitam coluere Sabini,
Hanc Remus et frater; sic fortis Etruria crevit
Scilicet, et rerum facta est pulcherrima Roma,
Septemque una sibi muro circumdedit arces (2).

(1) *Eclog.* I.

(2) *Georgic.* lib. II,

Tandis que, enfin, ces grandes querelles commencent à se calmer, tandisque la paix ferme les portes du temple de Janus, et ouvre celles de la ville aux mauvaises mœurs de l'oisiveté, il en appelle aux souvenirs les plus reculés, les plus chastes de Rome, et il offre à ses concitoyens qui vont passer de la lassitude des combats à celle de la volupté, l'exemple du bon roi Evandre recevant Enée au milieu des ronces qui couvrent le Capitole, au milieu des troupeaux qui paissent dans le Forum :

> Hinc ad Tarpeiam sedem et Capitolia ducit,
> Aurea nunc, olim silvestribus horrida dumis.
> . . . .
> . . . . ad tecta subibant
> Pauperis Evandri, passimque armenta videbant
> Romanoque foro et lautis mugire Carinis.
> . . . .
> Aude, hospes, contemnere opes, et te quoque dignum
> Finge deo, rebusque veni non asper egenis (1).

On ferait un honneur souverain à Auguste, si on supposait que Virgile avait reçu, dès le commencement, la confidence de ses plans politiques, et que tout ce qu'on trouve dans les vers du poète avait été rêvé par l'empereur. L'auteur de l'Enéide n'a rien tenu que celui des Bucoliques n'eut promis. Mais il semble que le triumvir Octave ait dû opérer sur lui-même des changements considérables, pour montrer au monde

(1) *Æneis*, lib. VII.

les vertus de César-Auguste. L'empereur subit-il peu à peu l'influence des idées auxquelles le poète prêtait le charme de son imagination, ou bien leur imposa-t-il, dès l'origine, sa direction suprême, qui pourra le dire? Ce qu'il y a de certain, c'est que, au terme de leur vie, ces deux hommes se trouvèrent égaux par l'élévation de leurs sentiments, et parurent avoir mené en commun le grand projet de la régénération romaine, qui devait bientôt échouer au milieu des extravagances et des fureurs de la race Claudia. Dans cette dernière époque, la politique d'Auguste prête un trop puissant appui au génie de Virgile, pour que nous puissions nous dispenser d'en tracer une rapide esquisse.

Octave, consul pour la cinquième fois, agé à peine de trente-cinq ans, revient à Rome. Dans le sixième mois, qu'il appella ensuite de son nom, il célèbre trois triomphes : le premier en l'honneur d'une campagne qu'il avait faite à treize ans contre les Dalmates, et dans laquelle il avait reçu plusieurs blessures au genou, à la jambe et aux deux bras, le second pour associer le combat d'Actium à celui de Philippes, et la défaite du vengeur de César à celle de ses assassins ; le troisième pour satisfaire les dieux indigènes en leur montrant les images de l'Egypte et de Cléopâtre enchaînées. Puis il ferme le temple de Janus.

Aspera tum positis mitescent secula bellis.
. . , . . . diræ ferro et compagibus arctis
Claudentur belli portœ : furor impius intùs

Sæva sedens super arma, et centum vinctus ahenis
Post tergum nodis, fremet horridus ore cruento (1).

Persuadé que c'est par la réforme des mœurs qu'il faut entreprendre celle des empires, il se fait nommer censeur et met le soin le plus sévère à rétablir l'ordre dans la société et dans l'état.

Cana Fides et Vesta, Remo cum fratre Quirinus
Jura dabunt...... (2).

En sortant de cette magistrature, il clot par de grands sacrifices le lustre qui finit, et il institue des jeux actiaques, moins pour perpétuer le souvenir de sa victoire, que pour ramener le peuple aux solennités religieuses, et la jeunesse aux mâles exercices.

Lustramusque Jovi, votisque incendimus aras,
Actiaque Iliacis celebramus littora ludis.
Exercent patrias oleo labente palæstras
Nudati socii..... (3).

Ce furent là les commencements d'un nouvel ordre de choses que Virgile annonçait depuis longtemps,

Magnus ab integro seclorum nascitur ordo
. . . .
Jam nova progenies cœlo demittitur alto (4),

(1) *Æneis*, lib. I.

(2) *Ibid.*

(3) *Æneis*, lib. III.

(4) *Eclog.* IV.

mais que le mauvais génie d'Antoine avait retardé de dix ans et avait failli ajourner à jamais. Vainqueur de cet esclave de l'Orient, Auguste changea le sphinx de son anneau pour une tête d'Alexandre qui avait, comme lui, triomphé de l'Asie. Plus tard, il remplaça ce signe par sa propre effigie qu'il fit graver par Dioscoride, lorsqu'en contemplant son ouvrage, il sentit qu'il avait pris rang parmi les grandes personnalités historiques. Pour qu'il ne manquât rien à son pouvoir suprême, six ans après la mort de Virgile (l'an de Rome 741), il fut nommé souverain pontife; dans cette circonstance, il donna la preuve d'une intelligence élevée; il jeta au feu plus de deux mille volumes de prophéties grecques et latines; mais il honora et plaça dans deux boites dorées, sous le piédestal de la statue d'Apollon Palatin, les livres Sybillins, pour lesquels notre poète, par une rencontre significative, avait plusieurs fois professé son respect, et qui, sans aucun doute, contenaient les fondements de cette religion politique, instrument puissant de l'accroissement de Rome, but de tous les vœux et de toutes les restaurations du premier empereur.

Il renouvela les vieilles cérémonies patriotiques qui étaient tombées en désuétude, et qu'il restreignit dans les bornes de la décence; pour rendre hommage à tous les grands hommes qui avaient contribué à la puissance de Rome, il fit élever leurs images triomphales sous les portiques de son Forum; il honora même cette statue de Pompée, aux pieds de laquelle César avait été assassiné dans le sénat. Il donna tous ses soins à la justice, ramenant la sécurité sur les routes. dans les campagnes, dans les propriétés, dans les familles, dans les classes de l'état; il fit des lois salutaires, remit en vigueur celles dont la licence avait interrompu le cours, les appliqua toutes avec assiduité, avec douceur, et inaugura dignement cette grande époque qui fit du droit romain l'expression de la raison humaine, en substituant à ses anciennes formules les principes de la philosophie. Il fut avare du titre de citoyen romain, pour en rehausser l'éclat; il voulut faire reprendre à ceux qui le portaient le costume qui en était la marque, et défendit de laisser entrer au Forum ou au Cirque quiconque ne serait pas vêtu de la toge blanche; ayant un jour jeté les yeux sur une assemblée où il vit un mélange confus de toges de diverses couleurs, de tuniques et de manteaux, il répéta avec amertume un vers que notre poète avait écrit sans doute pour concourir à ses desseins : Voilà donc, s'écria-t-il,

Romanos rerum dominos, gentemque togatam (1).

Dans les spectacles dont il était avide, et où il fit souvent répéter un jeu national qui portait le nom de Troie, il rétablit, parmi les spectateurs, l'ordre qui avait été troublé; il assigna les premiers rangs aux sénateurs, interdit l'orchestre aux députés des villes, distingua les soldats de la foule, donna des bancs séparés au peuple, aux jeunes gens vêtus de leur præ-

(1) *Æneis*, lib. I.

texte, à leurs pédagogues, défendit de s'asseoir sans toge à l'amphithéâtre, relégua au plus haut rang les femmes qui assistaient à côté de leurs maris, surtout aux combats des gladiateurs, et les éloigna complètement des luttes athlétiques. Sur toutes les routes militaires il plaça des moyens rapides de transport pour les lettres et pour les nouvelles.

En même temps qu'il portait dans son administration cet esprit de régularité et d'activité, il était, pour ce qui le concernait discret et modeste ; il ne voulut point qu'on érigeât des temples en son honneur, quoiqu'on fut en usage d'en élever même aux proconsuls ; il fondit toutes les statues d'argent qu'on lui avait dressées ; il en consacra la valeur à faire orner d'un trépied d'or le temple d'Apollon Palatin. On le vit à genoux, l'épaule nue, dans la posture des suppliants, refuser la dictature que le peuple lui offrait; il repoussa avec horreur le titre de seigneur qu'on lui voulait donner, fut soupçonné de porter une cuirasse cachée pour se défendre contre les patriciens, et admit familièrement le peuple auprès de lui. Il souffrit l'opposition dans le sénat, ne se vengea point de libelles qui y avaient été semés contre lui, laissa même ailleurs déclamer contre lui. Il allait à pied lorsqu'il était consul, ou dans une chaise découverte; sollicitait les magistratures selon le rite ancien, portait lui-même son suffrage dans sa tribu, comme un simple particulier ; se laissait appeler ou récuser comme témoin dans les jugements. Il ne recommanda jamais ses enfants au peuple sans ajouter *s'ils le méritent* ; se plaignit de ce qu'on les applaudissait quand ils paraissaient au théâtre; fit ses amis puissants, sans les mettre au dessus des lois. A la campagne surtout il haïssait le luxe ; dans ses *villas*, il estimait moins les statues et les tableaux que les promenades couvertes, les forêts, les curiosités naturelles ou historiques. Sa manière de vivre était d'une simplicité primitive : il n'avait que des meubles d'une médiocre élégance ; il ne portait de vêtements que ceux que sa femme, sa sœur, sa fille lui faisaient ; à table il était presque aussi frugal qu'un romain de la république; il se délassait des affaires en pêchant à la ligne, et en jouant avec des enfants aux noix et aux osselets.

Un pareil homme servait l'antique génie de Rome, autant qu'il était possible de le servir dans un siècle pareil. Ce qu'on pourrait attribuer à sa vertu et au sang d'Octave, son père, qui avait laissé les plus honorables souvenirs, doit être rapporté à des influences plus générales. Il ne manquait pas alors d'esprits éminents, qui, jugeant nécessaire le changement des choses, souhaitaient de mettre d'accord les traditions du passé et les besoins de l'époque nouvelle, surtout de faire planer au dessus de tous les faits sociaux et de toutes les institutions politiques ce sens moral qui, grâce au progrès des temps et à la philosophie de Zénon, commençait à se dégager des superstitions religieuses. Cicéron avait préparé les voies à ce parti dont il fut l'orateur; Virgile en fut le poète et la plus pure gloire. Tous deux lui prêtèrent ces lumières de l'esprit et ces délicatesses de l'ame qu'ils avaient puisées dans une étude savante et choisie de la littérature grecque, sur laquelle les Romains s'étaient jetés d'abord au hasard avec le peu de discernement de gens grossiers et surpris. Sur ce point ils se ressemblèrent, mais ils différèrent en ceci : Cicéron tourna tout son savoir à raffermir chez ses concitoyens le sentiment du devoir, à éclairer l'idée du droit civil et politique, à éveiller le goût des arts et de la philosophie, de tout ce qui fait la force et l'ornement d'un état; c'est en arrachant la société à elle-même, en la plongeant dans le sein de la nature, en lui rendant la conscience de son berceau, que Virgile voulut la purifier et la rajeunir.

Que fit Rousseau au dernier siècle? ne vint-il pas aussi dans un temps, où toute pudeur était profanée, où toute foi chancelait, où la corruption, encouragée par l'exemple de ceux qui auraient dû la combattre, ruinait non seulement la base de tous les pouvoirs et de toutes les croyances, mais le corps social lui-même? Quelles paroles fit-il entendre au milieu de ces hommes frivoles, las et dépravés qui roulaient en riant sur le bord des abîmes ? Les grands mots de nature, de vérité et de vertu ! D'une main il essaya d'ouvrir les portes de l'avenir et de poser des fondements solides au droit social tout entier ébranlé ; de l'autre, il rouvrit les portes du passé, sonda les origines des choses, et montra la nature comme la mère, la nourrice et l'institutrice du genre humain. Publiciste et poète à la fois, il s'arrogea, au nom de son génie, la double magistrature que Cicéron et Virgile avaient exercée avec plus de solennité, dans des temps sans doute plus décisifs. Mais, quelques formes que la civilisation puisse prendre désormais, alors même qu'elle serait conduite par la fatalité à choisir entre le sentiment religieux et l'esprit philosophique, qui sont également nécessaires à la vie des nations, croyants ou raisonneurs, tous les hommes sincères et intelligents de l'avenir salueront, dans l'enfant des Alpes, l'homme qui a rendu à notre pays la conscience du bien et du vrai, la pureté et la raison. Ne nous y trompons point, c'est un suffrage de cette espèce qui a accueili dans le monde antique Virgile, cet autre fils de la nature, et qui, sauvant son génie des ruines du polythéisme, a prosterné à ses pieds tous les hommes pieux du moyen-âge charmés par le parfum de sa virginité et de sa religion.

Il me semble qu'on n'a pas fait encore d'une manière assez équitable la part des deux sortes de poésie, dont l'une marque le principe des sociétés, dont l'autre en forme le couronnement. Signaler leur caractère, leur loi, leur valeur relative, me semble une des plus belles tâches que la critique puisse s'imposer aujourd'hui. Est-il vrai qu'il n'y ait de poésie que dans les temps primitifs? est-il vrai que le mystère qui est l'essence de toute poésie, ne se rencontre que dans l'enfance des sociétés, et ne puisse aussi bien éclore au milieu d'une civilisation avancée? je ne le pense point. Lorsque les peuples sortent du sein de la nature, et qu'ils marchent à la conquête de la civilisation, alors la poésie est pour eux dans les découvertes qu'ils font chaque jour, dans les arts qu'ils inventent, dans les sciences mêmes qu'ils commencent, dans les actions des hommes qui les arrachent à la domination des forces matérielles, au sommeil de l'oisiveté, au repos du foyer, pour les précipiter dans des aventures et dans des prospérités dont les premières jouissances étonnent leurs sens, dont la fin leur demeure encore cachée et merveilleuse. Mais lorsqu'ils sont plongés dans la civilisation, lorsqu'ils en ont connu les raffinements, les procédés, les limites, lorsqu'ils ont mesuré tous les coins de ce fini qu'ils ont composé par leur labeur et à leur image, il leur arrive de perdre le sentiment de l'infini avec lequel la poésie et la vie s'en vont en même temps; alors ils retournent à la nature, comme à la source de ces vagues inspirations, de ces saintes espérances, de ces mystères divins de l'intelligence et du cœur, sans lesquels tout, dans ce monde, est glacé pour le plus humble des hommes aussi bien que pour le plus sublime des poètes. Il y a donc, on peut le dire, entre la civilisation et la nature, aux deux extrémités de l'existence des nations, un échange qui entretient le feu sacré de l'art.

Pendant la première époque l'homme lutte contre la terreur que lui inspirent encore les forces secrètes de la nature, et il transporte le merveilleux, qui est l'expression de ce sentiment, dans l'histoire de ses propres conquêtes, dans le chant triomphal de sa délivrance. Durant la seconde, au contraire, il tente d'élever son esprit au-dessus des œuvres finies et des idées positives de la civilisation, pour retrouver ce qu'il y a de profond et d'infini dans la nature. Entre ces deux époques, se placent ordinairement de grands systèmes de croyances ou d'opinions, qui, sous les noms de religion ou de philosophie, et souvent sous ces deux noms successivement, s'efforcent d'arracher l'homme à la nature pour le rendre à lui-même, et l'avertissent de se replacer volontairement sous l'influence des lois de la création divine; cette époque intermédiaire, en tant qu'elle est douée du sentiment de l'infini, a aussi une poésie qui lui est propre. En effet, Aristote compte les dialogues de Platon au nombre des ouvrages épiques; et, parmi les modernes, le Dante a donné l'exemple d'une épopée sublime, dont le dogme fournit la fable et presque tous les ressorts. Homère, Socrate, Virgile, voilà donc les trois termes essentiels de la progression historique de la poésie. Quoique les nations modernes soient loin d'avoir achevé leur carrière, on peut néanmoins essayer d'enfermer leur développement dans le même cycle. Chez elles on trouvera l'analogue du premier terme dans les poésies populaires et primitives des races indo-germaniques, celui du second dans les théologiens du moyen-âge et dans les philosophes de la Renaissance, celui du troisième dans Rousseau et dans les grands poètes naturalistes que la France, l'Allemagne et l'Angleterre ont vu briller après sa mort.

Les formules d'Aristote, dont la théorie esthétique est, à ce qu'il me semble, la plus élevée et la plus solide qu'on ait encore établie, me serviront à présenter ma pensée d'une manière plus précise et plus rigoureuse. La philosophie qui contemple l'universel en lui-même est la plus haute poésie que l'espèce humaine puisse concevoir; mais, par cela même que cette poésie considère l'universel sans voiles, elle n'est accessible qu'à un petit nombre d'esprits. La foule qui a l'habitude de tout juger par les sens, ne comprend guère l'art que sous les formes du particulier ; aussi a-t-elle toujours réservé les faveurs de la popularité pour les poètes qui ont su lui présenter, sous ce déguisement indispensable à sa faiblesse, l'universel qui est le fond éternel et identique de la poésie. Pour suivre le mouvement de son esprit et pour mériter son admiration, il faut donc lui montrer l'universel, durant la première époque, dans le particulier de la civilisation; durant la dernière, dans le particulier de la nature. Pendant l'époque intermédiaire, on peut, en des circonstances heureuses, comme Platon et Dante l'ont prouvé, lui faire voir l'universel face à face et sans nuages. Les hommes qui ont ce pouvoir reçoivent le surnom de divins.

Après avoir ainsi considéré la place que Virgile occupe dans le développement d'une des principales lois esthétiques du genre humain, et, plus particulièrement dans celui de la civilisation romaine, il nous reste à envisager le chantre de la nature italienne en lui-même, pour montrer par sa vie et par ses œuvres comment il remplit la mission que le destin lui avait assignée.

C'est l'an de Rome 684, sous le premier consulat de Pompée et de Crassus, que Publius Virgilius Maro naquit à Andes. Dans un temps où la physiologie a pris une si grande importance, il n'est pas inutile de remarquer que Maïa, la mère de notre poëte, semble avoir été d'une condition supérieure à celle du mari qu'elle prit et qui fut, en effet, le mercenaire, le fermier des terres et des troupeaux de Majus, son propre beau-père. Si nous osions pousser plus loin notre conjecture, nous dirions qu'en se mêlant à la simplicité d'un homme des champs, la délicatesse et sans doute aussi la tendresse un peu faible de la citadine, expliquent déjà la nature du génie que produisit cette union; nous ajouterons que, dans l'enfantement des poëtes, ces esprits doués du cœur de la femme, il est ordinaire de voir prédominer l'influence des facultés maternelles.

Virgile reçut les premiers éléments des connaissances à Crémone; il paraît qu'il ne quitta cette ville qu'à l'âge de seize ans, pour se rapprocher plus encore des Alpes; ce fut à Milan, dans des écoles très suivies, qu'il apprit le grec, la médecine, les mathématiques, la philosophie. Plus tard, il visita Naples, y étudia aussi, y vécut plus heureux et plus longtemps qu'en aucun autre lieu, et voulut qu'on y élevât son tombeau. Il fut retenu dans ce beau pays par deux attraits. Il y trouva dans la magnificence réunie des montagnes et de la mer, dans la fécondité inépuisable de la terre, dans la chaude lumière du ciel, dans la grandeur et la variété infinie des horizons, l'idéal des rêves qu'il avait pu former au milieu des paysages de la Cisalpine; il entendit la littérature grecque prodiguer l'enchantement de ses imaginations et de ses idées sur ces admirables rivages, auxquels elle semblait prêter une voix. Grâce à l'harmonieux accord de cette nature et de cette poésie, il acheva, sans doute, de perfectionner son goût qu'il cultivait dès l'enfance, et il apprit à jeter à pleines mains l'éclat et la grâce dans le rude langage de Rome. Mais, parmi toutes ces splendeurs, il n'oublia pas les aspects plus sévères du pays natal; par souvenir, peut-être aussi par une mélancolie naturelle, il se plut aux sombres perspectives de l'Averne, et, avant d'en reproduire le sentiment dans les plus beaux vers de l'Enéide, il en associa l'image à celle des lacs de l'Italie septentrionale, dans un passage des Géorgiques :

> Anne lacus tantos? Te, Lari maxime, teque,
> Fluctibus et fremitu assurgens, Benace, marino?
> An memorem portus, Lucrinoque addita claustra,
> Atque indignatum magnis stridoribus æquor,
> Julia quà ponto longè sonat unda refuso
> Tyrrhenusque fretis immittitur æstus avernis (1).

Rien n'est peut-être plus propre à graver fortement dans le cœur les impressions de l'enfance que de leur être violemment enlevé par quelque hasard ou par quelque passion. C'est ainsi que, de nos jours, on a vu Léopold Robert descendre des plateaux du Jura, se prendre d'amour pour les côtes éblouissantes de l'Italie, et reproduire cependant sur la physionomie des heureux habitants qui les peuplent, la

(1) *Georgic.*, lib. II.

tristesse des hommes qu'il avait laissés silencieux et pensifs sous les sapins de son village. Si jamais un artiste mérita de servir de commentaire à Virgile, c'est assurément le peintre des *Moissonneurs* et des *Pêcheurs*. Comme le divin modèle dont il semble souvent qu'il ait traduit les poèmes à sa façon, il est arrivé à l'intelligence de l'homme et à l'amour du beau par le sentiment de la nature; comme lui, il a placé dans le peuple le type de la beauté, de la pureté, de la tristesse.

On a discuté sur le temps où Virgile a pu habiter Naples pour la première fois. Quelques auteurs voudraient qu'il n'eut point quitté la Cisalpine avant l'époque où il fit sa première Eglogue dans laquelle il paraît indiquer, en effet, que Rome lui était jusqu'alors demeurée inconnue. D'autres prétendent trouver, au contraire, dans la cinquième Eglogue, la preuve qu'il avait vu Rome avant ce temps, et qu'il y avait été apprécié par César...

. . . . Amavit nos quoque Daphnis.

D'autres ont écrit que, dès sa première jeunesse, il avait fait des vers qui étaient devenus célèbres, et que sa sixième Eglogue ayant été récitée à Rome, dans un théâtre, devant Cicéron, le grand orateur avait aussitôt proclamé son admiration par un hémistiche que Virgile recueillit, plus tard, dans l'Enéide :

. . . . . . magnæ spes altera Romæ.

Il paraît cependant certain que lorsque Jules César fut assasiné, Virgile, touchant à sa vingt-septième année, n'était encore connu par aucune poésie, et que, plusieurs mois après, toujours obscur, peut-être toujours oisif, il apprenait la médecine à Milan, ou l'exerçait à Andes, tandis que Cicéron mourait victime du premier triumvirat d'Octave. Celui-ci revint, l'année suivante, de Philippes pour faire à ses vétérans le partage des terres de l'Italie, et pour donner à notre poète, plus âgé que lui de sept ans, la première occasion de manifester son génie.

On a répandu diverses fables sur les premières relations d'Octave et de Virgile. On a dit que le poète dut à ses connaissances médicales de devenir l'ami du maître des écuries d'Auguste, et à une facétie de devenir ensuite celui de l'empereur lui-même. On a prétendu aussi qu'un distique affiché aux portes du palais avait commencé cette liaison. Mais les Bucoliques semblent contenir des indications précises qui démentent tous ces récits. Dépouillé par les soldats des triumvirs du petit patrimoine que son père possédait à Andes, il est probable que Virgile partit pour Rome, avec la recommandation de Varus, son condisciple, et que, grâce à elle, il obtint la protection du petit neveu de César. Par Varus, ou par Cornélius Gallus, né dans les montagnes du Frioul, il fut aussi présenté à Asinius Pollio qui était alors, dans la Cisalpine, à la tête des troupes de Marc Antoine; Asinius Pollio devint un de ses plus fermes soutiens et le recommanda lui-même à Mæcenas, son ami intime et lieutenant d'Auguste. Ces renseignements, dont l'autorité paraît incontestable, n'expliquent-ils pas suffisamment le crédit de Virgile auprès de l'empereur?

Les Bucoliques ont été écrites à cette époque où le poète, arraché à son obscurité et à son repos, par les calamités civiles, fut forcé de se mêler au flot des évènements et des hommes qui devaient renouveler son siècle. Fidèle au culte de ses divinités champêtres, ce fut sous le costume des bergers de l'âge primitif que son génie se montra à tous ces soldats, à tous ces généraux qui rêvaient l'asservissement du monde, au milieu des armes, des rapines et des débauches. D'après tous les témoignages de l'antiquité, Virgile composa ses dix Eglogues dans l'espace de trois ans, c'est-à-dire depuis l'âge de vingt-neuf ans jusqu'à celui de trente-deux. Il y chanta les louanges de tous ses protecteurs, la clémence d'Octave, la mort de César dont le nom couvrait les desseins de son petit-neveu, la gloire de Pollion et la naissance de son fils, la science et la bonté de Varus, les amours de Gallus. Théocrite avait célébré les champs dans le palais des Ptolémées; Virgile célébra aux champs les exploits et les bienfaits de ses illustres amis. Le premier a écrit de véritables pastorales; le second a composé plus souvent des allégories bucoliques. Voilà la grande différence qu'il faut faire entre le maître grec et l'élève latin.

Considérées en elle-mêmes, les Eglogues sont comme les soupirs d'une ame tendre, déjà lassée quoique jeune, et qui se refait aux champs, non sans quelques tristes retours, une seconde innocence. Les pipeaux des bergers ne sont pas seulement l'instrument favori d'une civilisation qui est à ses commencements; c'est à leur voix argentine que le jeune homme se plaît à associer ses désirs et ses pensées : il me semble en entendre la mélodie simple et rêveuse dans les premiers vers de Virgile. La couleur claire et douce dont Raphaël revêtit les figures candides de sa première manière, me paraît avoir aussi les rapports les plus voisins avec le souffle limpide et pur du chalumeau virgilien. L'ame qui se révèle au monde n'a pas besoin de tous ces artifices que le raffinement du goût et la multitude des sensations rendent plus tard nécessaires; c'est aux plus naïfs accords de la lumière ou du son, qu'elle confie l'expression de ses sentiments. Je serais fort porté à croire que Virgile ne connaissait pas les splendeurs du ciel napolitain, lorsqu'il composa ces petits poèmes où l'on ne trouve guère que les images plus simples du paysage mantouan.

Les Géorgiques ont été composées en sept années, presque entièrement à Naples, tandis qu'Antoine, retiré auprès de sa Cléopâtre, laissait Octave consolider son pouvoir en Italie, et y méditer sur l'usage qu'il en pourrait faire ; elles furent achevées et peut-être refondues, lorqu'Octave revint d'Egypte, maître désormais de l'Empire et de lui-même. Elles portent l'empreinte de l'âge mûr, du beau pays, des hautes préoccupations politiques, dont elles furent le fruit.

Admis dans la familiarité de Mæcène, dans l'amitié d'Auguste, il semble que Virgile ait changé en un plan arrêté ce qui, jusque là, n'était peut-être pour lui qu'un instinct; il embrasse désormais la nature, non plus comme l'asile de son ignorance ou de ses passions, mais comme une science digne de la sérieuse attention de son esprit, et capable de guérir les plaies saignantes de son temps. Du patronage de Pollion qui était le chef du parti militaire d'Antoine, il passe entièrement sous celui de Mæcène qui est le confident des desseins pacificateurs d'Auguste. Dans les Eglogues il avait témoigné sa reconnaissance au premier dont l'appui l'avait alors préservé des violences communes; il dédie les Géorgiques au second comme un hommage rendu à sa politique et à celle d'Auguste qu'il divinise dès le début :

> Tuque adeò, quem mox quæ sint habitura deorum
> Concilia incertum est ; urbesne invisere, Cæsar,
> Terrarumque velis curam (1).....

Il convie aux travaux et aux mœurs de l'agriculture ces soldats ivres de combats et de pillage qui couvrent toutes les provinces de l'empire ; mais pour mieux assurer le repos du présent et les prospérités de l'avenir, il veut les consacrer par l'image des vertus du passé : il évoque les ombres austères des ancêtres :

> Hæc genus acre virum, Marsos, pubemque Sabellam,

(1) *Georg.* lib. II.

Assuetamque malo Ligurem, Volscosque verutos
Extulit; hæc Decios, Marios, magnosque Camillos,
Scipiadas duros bello (1).....

Dans les Bucoliques, pour plaire à Varus, il avait placé une sorte de chant dithyrambique en l'honneur de la philosophie d'Epicure qu'il avait étudiée à Milan, avec son ami :

Namque canebat uti magnum per inane coacta
Semina terrarumque, animæque, marisque fuissent
Et liquidi simul ignis : ut his exordia primis
Omnia, et ipse tener mundi concreverit orbis (2).

Dans les Géorgiques, il professe des opinions plus élevées ; il a renoncé à cette doctrine toute physique des atomes ; il a étudié à Naples le stoïcisme, le platonisme, toutes les généreuses doctrines sur lesquelles Auguste essayera en vain d'appuyer le colosse de l'empire, mais qui serviront du moins, sous ses successeurs, à consoler ce qui reste encore de l'antique vertu romaine. C'est à Pythagore, commenté par Platon qui devint désormais son maître, qu'il emprunte l'idée de ces beaux vers :

. . . . . . Deum namque ire per omnes
Terrasque, tractusque maris, cœlumque profundum ;
Hinc pecudes, armenta, viros, genus omne ferarum
Quemque sibi tenues nascentem arcessere vitas :

(1) *Georg.* lib. II.

(2) *Eclog.* VI.

> Scilicet hùc reddi deinde ac resoluta referri
> Omnia : nec morti esse locum ; sed viva volare
> Sideris in numerum, atque alto succedere cœlo (1).

Naples, qui conseille si bien sa raison, parle aussi une langue plus riche à son imagination qui en rend fidèlement toute la diversité, tout l'éclat. Non seulement Virgile contemple avec ivresse et reproduit, dans ses vers, les brillantes images que cette nature nouvelle étale à ses yeux; mais, excité par elles, il rêve mieux encore, et s'abandonne à ces cris qui, à travers dix-huit siècles, retentissent à notre oreille avec toute l'ardeur d'un inextinguible désir :

> Flumina amem silvasque inglorius. O ubi Tempe,
> Sperchiusque, et virginibus bacchata lacœnis
> Taygeta ! O qui me gelidis in vallibus Hœmi
> Sistat et ingenti ramorum protegat umbra (2) !

Dans les Bucoliques, on ne trouverait rien de semblable à ces élans; tout y respire, au contraire, le besoin de demeurer caché sous l'abri natal, et de se préserver de la violence des évènements et des passions. Les secrets de la jeunesse du poète sont ensevelis sous l'ombre du verger paternel, au milieu des pures senteurs de la prairie, et de l'innocent murmure des ruisseaux qui ont distrait et rafraîchi ses sens. Lorsque Virgile arrive dans le midi de l'Italie, c'est un homme

(1) *Georg.* lib. IV.

(2) *Georg.* lib. II.

chaste, apaisé, maître de lui-même, qu'il montre aux habitants de la Campanie et de la Sicile, chez lesquels on lui a ménagé des asiles ; quand il paraît à Naples avec sa stature élancée, avec sa complexion délicate, avec sa voix enchanteresse, frappés de son aspect virginal, les hommes qui l'admirent le surnomment *Parthenias*; à Rome, où on lui avait donné une maison sur le mont Esquilin, à côté des jardins de Mæcène, si parfois on le voit passer, on lit dans la sérénité de son visage toute la beauté de son génie, et on fait autour de lui des rassemblements auxquels il se dérobe. Toute son ardeur s'est réfugiée dans les sentiments les plus élevés de son ame; delà elle se répand désormais sans danger, sans défiance, sans réserve, dans le vaste sein de cette nature où elle s'est, sans doute, retrempée; elle ne redoute plus l'enthousiasme, parce qu'elle lui a marqué pour but la vérité et la vertu.

> Felix qui potuit rerum cognoscere causas !
>
> . . . .
>
> Fortunatus et ille, deos qui novit agrestes (1) !

Les OEuvres et les Jours d'Hésiode, qui ont servi de modèle aux Géorgiques, seraient un exemple bien choisi pour montrer toute la différence qu'il y a entre la manière dont les hommes comprennent la nature aux époques primitives, et celle dont ils la sentent aux époques suprêmes. Que fait Hésiode ?

(1) *Georg.*, lib. II.

Il enregistre les découvertes de l'agriculture, cet art initial du genre humain, il fixe dans la mémoire des Grecs le souvenir des premières gloires de cet art, comme Homère y grave celui des héros qui, les premiers, ont élevé le courage et la renommée des Hellènes; il y mêle ces mythes moraux, dans lesquels il renferme ordinairement, de sa propre autorité, les enseignements dont tout homme a besoin pour se conduire au milieu d'une société où ni l'intelligence de chacun, ni l'autorité de tous ne sont encore bien puissantes. Dans tout cela ce n'est point la nature, c'est l'homme qui joue le rôle victorieux. Comme le vieillard d'Ascrée, Virgile enseigne bien à dompter la nature ; mais c'est l'homme même qu'il veut dompter par elle :

O fortunatos nimium, sua si bona norint,
Agricolas (1) !

Ce qu'il estime dans le travail de la terre, ce sont moins les fruits qu'il rapporte, que les mœurs qui l'accompagnent. Que dis-je, il estime moins le travail lui-même que les vagues méditations que l'on trouve dans l'infini de l'horizon, dans les mystiques émanations du monde! Pourquoi ces continuels appels aux fleuves, aux forêts, aux vallées! pourquoi cet insatiable besoin d'ombres vastes et profondes! pourquoi cette incessante prière à la fraîcheur, à la pureté qui inondent leurs abris? Pourquoi cet enthousiasme pour les œuvres naturelles, pour les formes

(1) *Georg.* lib. I.

harmonieuses des animaux, pour les lois qui régissent leurs républiques? pourquoi cette admiration passionnée pour l'ordre de la nature? Nous pouvons aujourd'hui vous comprendre, ame sublime! Alors aussi l'ordre manquait parmi les êtres libres ; vous le cherchiez dans les êtres soumis à la fatalité. Le monde moral était troublé par toutes les corruptions de la sensualité et de l'intelligence; vous avez tourné vos regards vers le monde matériel où Dieu se charge de perpétuer lui même cette virginité et cette harmonie dont vous étiez avide. Vous vous êtes penchée sur le sein maternel de la nature pour savoir si vous n'y entendriez point les tressaillements d'un nouvel enfantement moral, si vous n'en verriez pas sortir ce Verbe qui allait descendre du ciel!

Dans les commencements, Rome fut une ville de laboureurs; enfermée dans ses collines, et dans les montagnes qui les dominent, elle se prépara par les travaux de l'agriculture à ceux de la guerre; souvent elle alla prendre ses généraux à la charrue. Plus tard, lorsque pour conquérir l'Italie et les provinces lointaines, ses paysans eurent été transformés en soldats, ils n'eurent pas, au retour de leur expéditions de plus douce récompense que de revoir leurs champs et de s'y délasser. Au milieu même de la fureur des proscriptions, les partis enivrés du sang de leurs victoires, allaient goûter dans les *villas* les plaisirs simples et purs de la campagne.

Dans ses Géorgiques, Virgile avait satisfait ce besoin, en quelque sorte primitif, du peuple souverain; mais il songeait aussi depuis longtemps à en contenter les instincts politiques. Il est assez probable qu'avant même d'écrire les Bucoliques, il s'était exercé à composer un poème sur l'origine de la puissance d'Albe et de Rome :

Cum canerem reges et prælia, Cynthius aurem
Vellit, et admonuit : pastorem, Tityre, pingues
Pascere oportet oves, deductum dicere carmen (1).

Les épisodes des Géorgiques semblaient être une transition naturelle que le poète se ménageait pour retourner aux œuvres épiques qui avaient préoccupé sa jeunesse. A l'âge de quarante deux ans, au moment où il vit Octave, vainqueur d'Antoine, et maître du monde, rentrer à Rome sur son char de triomphe, il commença son Enéide, pour célébrer, dans le berceau même de la ville éternelle, non pas seulement, comme on l'a dit, l'homme qui allait la mettre sous son autorité, mais l'ordre nouveau que cet homme voulait réaliser. Virgile travailla à ce poème environ onze années; il venait d'en tracer les derniers vers; il faisait voile vers la Grèce dont les beaux sites et les loisirs lui auraient permis de donner à son œuvre la perfection qu'il rêvait pour elle; il rencontre Auguste qui retourne à Rome; il se décide à l'y suivre; mais, pris par une langueur mortelle, à peine

(1) Eclog. VI.

a-t-il touché la terre, qu'il expire, le 22 septembre, l'an de Rome 735; en mourant, il demanda qu'on plaçât sa tombe près de Naples, et qu'on brulât l'Enéide qu'il ne considérait point comme achevée : Auguste, à qui il avait lu trois chants de son poème, ne lui accorda que le premier de ses vœux.

Cette Grèce qu'il ne fut pas donné à Virgile de visiter, dont aucun Latin ne fut plus digne que lui d'être le fils, à laquelle il avait déjà tant emprunté dans ses deux premiers ouvrages, lui fournit des secours encore plus considérables pour la composition de son dernier chef-d'œuvre. Qui peut prononcer le nom de l'Enéide sans voir aussitôt se dresser devant lui, l'ombre du vieil Homère, redemandant les dépouilles qui lui ont été ravies? En chantant l'arrivée d'un héros troyen sur les côtes de l'Italie, en faisant sortir l'épopée romaine de l'épopée hellénique, Virgile n'a-t-il pas reconnu que, comme sa patrie se rattachait aux traditions de la Grèce, lui-même n'était que leur imitateur et leur écho? Il me semble que le sentiment original et profond qui avait soutenu l'auteur des Bucoliques et des Géorgiques ne l'abandonna point dans l'enfantement de l'Enéide; c'est lui, ce sont les grandes idées de la politique de Rome et d'Auguste, qui, en s'alliant, ont permis à Virgile de dépasser le cercle de la poésie grecque et d'en égaler souvent les immortelles beautés.

Le Tasse, qui était aussi grand philosophe que grand poète, a dit que comme l'activité humaine se déploie dans l'étude du vrai et dans la pratique du bien, il doit nécessairement y avoir deux sortes tout-à-fait distinctes d'épopée, l'une de contemplation, l'autre d'action, la première faisant passer devant ses personnages le tableau des choses divines ou humaines, la seconde les précipitant eux-mêmes au milieu de la mêlée des événements. L'Odyssée appartient au premier genre, l'Iliade au second. Virgile se proposa de fondre ces deux formes en une seule; en effet, les six premiers livres de l'Enéide sont composés à l'imitation de l'Odyssée; les six derniers à celle de l'Iliade. Cette division, qui est fondamentale, nous servira, peut-être, à éclairer le parallèle, si longtemps débattu, d'Homère et de Virgile.

Si grand qu'on veuille faire l'intervalle de temps, qui sépara Homère de la guerre de Troie, soit qu'on adopte le nombre de 168 ans proposé par Strabon, soit qu'on préfère celui de 340 donné par Hérodote, il paraît indubitable que l'auteur de l'Iliade crut à l'existence des héros qu'il célébra, que le souvenir de leurs exploits lui fut transmis par des chants populaires, que les fables, dont il embellit ces traditions, participèrent à leur crédit, et devinrent avec elles les plus beaux titres du génie et de l'orgueil national des Grecs. Qu'est-ce donc qui appartient en propre au poète dans le chef-d'œuvre de ses premières années? Un sentiment énergique de l'individualité, lequel nourri par un cœur brûlant, et secondé par une imagination éblouissante, se répand à chaque page en cris admirables et transporte jusque chez les dieux la fougue et la discorde des passions de l'homme. A l'issue des hautes civilisations de l'orient, la personne humaine qu'elles avaient absorbée dans le double panthéisme de la religion et de l'Etat, revendique sa liberté, et lâche la bride à son indomptable jeunesse ; elle emprunte, sur les rivages de la Grèce, la figure d'Achille et la lyre d'Homère ; et, sous ces formes merveilleuses, elle prélude à l'affranchissement du genre humain. Mais le poète, qui lui avait prêté sa voix, connut aussi l'inexorable lendemain qui suit les premiers beaux jours de la vie. Lorsque les passions se sont amorties, l'esprit qui a rejeté tout autre soutien pour conquérir son indépendance, commence à se repentir de sa témérité; s'il a secoué la tutelle des anciens dieux, sur quoi s'appuiera-t-il ? Sur l'expérience, cette fille de la raison exilée du ciel. Instruit sans doute par elle, et lui trouvant plus de sûreté et de douceur qu'aux émotions d'un âge plus fougueux, Homère lui demanda des compensations devenues nécessaires et raconta un peu longuement les leçons qu'elle avait données à Ulysse, le plus sage des mortels. La science conteuse de la vie et des hommes, qui remplit l'Odyssée, apporta ainsi une correction et un complément naturels aux emportements de l'Iliade ; et ces deux poèmes durent éclore dans la même pensée, pour que leur enseignement fut plus frappant encore, et pour que la race grecque y trouva une plus fidèle image de l'audace juvénile et de la prudence consommée qui se rencontrèrent aussi tout à la fois dans son propre génie.

Ce n'est pas le sentiment de l'individualité que Virgile reproduit lorsqu'il imite l'Iliade ; ce n'est pas à l'expérience qu'il demande des conseils lorsqu'il imite l'Odyssée. Depuis que le vieil Homère a déposé sa glorieuse besace sur les bords du tombeau, la personne humaine a accompli dans le monde son œuvre d'insurrection ; et du sein même de son indépendance elle a enfanté des doctrines philosophiques qui, dépassant les humbles horizons de l'observation, se sont élevées jusqu'au ciel pour lui dérober de nouveau ses secrets. A cette variété de races, de villes, de lois, de mœurs, qui avait entretenu la liberté du génie grec, a succédé la vaste unité de l'empire romain, dans laquelle l'individualité, arrivée à ses derniers excès, va bientôt disparaître encore. Ainsi, à la place de l'individualité, c'est la société que Virgile chante ; à la place de l'expérience, c'est une philosophie sublime qu'il consulte. Voyons quels sont les inconvénients et les avantages de ce changement qui lui a été imposé par celui des siècles.

La fable de l'Enéïde a été, de nos jours, l'objet de savantes recherches, de vives discussions sur lesquelles nous voulons passer rapidement. En examinant quelle réalité pouvait se cacher sous cette fiction, les Schlégel ont loué la sagacité du chantre de Mantoue, Niéburh a poussé le blâme jusqu'à regretter qu'Auguste n'eut pas accompli les derniers vœux de son poète. Dès le sixième siècle de leur ville, c'est-à-dire près de deux cents ans avant la naissance de Virgile, les Romains avaient admis l'opinion qu'ils descendaient des compagnons d'Enée ; ils en avaient fait une sorte de dogme politique, qui servait de base à leurs traités. On trouve chez les Grecs des vestiges plus anciens de cette croyance : le poète lyrique Stésichore célébrait, vers le second siècle de Rome, un établissement fondé par Enée dans l'Hespérie ; Cephalon de Gergithe fait mourir Enée en Thrace, et fait partir de là, Romus, un de ses fils, qui va bâtir les murs de Rome. Pyrrhus, qui se prétendait directement issu d'Hercule et d'Achille, et qui, à ce double titre, voyait partout des Troyens dans ses ennemis, contribua sans doute à répandre les mêmes idées. Lycophron les consigna dans sa Cassandre, l'an de Rome 560. Tous les écrivains latins les adoptèrent, autant pour obéir à un sentiment populaire que pour rattacher à une noble souche l'origine de leur nation. Virgile leur a emprunté non seulement le fait généralement reconnu du débarquement d'Enée, mais encore les détails importants de sa navigation et de son établissement. Ce roi Latinus qui règne dans le Latium, cette biche blessée qui est une occasion de guerre, ce Turnus ou Thyrrenus, roi des Rutules, qui dispute au nouvel arrivant la main de Lavinie, appartiennent à la légende que les poètes antérieurs ont mise en œuvre. L'épisode même de Didon, a déjà été traité par Nœvius, contemporain d'Ennius, et qui a lui-même pris part à la guerre punique.

Après avoir exposé le mythe, il resterait à en chercher le sens. Quels sont les mouvements de races que ces fictions désignent? Quelles populations couvraient primitivement l'Italie? Nieburh veut que les Etrusques soient venus du nord, et aient traversé les Alpes, peut-être même le Danube, avant de descendre en Italie. Ottfried Mueller pense que leur migration, déterminée par la grande invasion dorienne, se fit à travers l'Epire, l'Illyrie, la Vénétie et le Pô. Cette hypothèse, qui est aujourd'hui considérée comme la plus probable, conduirait à penser que les Etrusques, loin d'être assis en Italie, au moment de l'arrivée d'Enée, comme le prétend Virgile, n'y pénétrèrent qu'un siècle après. Mais la nation toscane n'a-t-elle pas été formée des deux couches successives qu'on observe chez presque tous les peuples anciens? N'a-t-elle pas commencé par être pélasgique avant d'être hellénique? Les Arcadiens, à la tête desquels Evandre reçoit Enée, aux lieux où Rome s'élèvera un jour, ne sont-ils pas eux-mêmes les descendants des Pélasges échappés à l'extermination de leur race, et retirés sur les hautes montagnes qui forment le centre du Péloponèse? Enfin, les Troyens ne tiennent-ils pas aussi à la souche pélasgique? N'est-ce pas pour cette raison que, lorsque Priam, au dire de Virgile lui-même, vint visiter à Salamine sa sœur Hésione, il voulut pousser jusqu'en Arcadie?

> Nam memini Hesionæ visentem regna sororis
> Laomedontiaden Priamum, Salamina petentem,
> Protinus Arcadiæ gelidos invisere fines (1).

Les guerriers qu'Hercule et Agamemnon conduisirent successivement contre les remparts de Troie, n'allaient-ils pas y exercer les dernières hostilités de la race hellénique contre celle des Pélasges? n'est-ce pas sur le chemin des migrations pélasgiques que Teucer bâtit sa ville? n'est-ce pas du milieu des pélasges italiques que Dardanus y ramena une

(1) *Æneis.* lib. VIII.

colonie ? Si on admettait ces opinions, qui s'accommodent aux conjectures récentes de l'ethnographie, il faudrait reconnaître que c'est au milieu même des populations pélasgiques que se passe l'action de l'Enéïde, et que Virgile a composé une œuvre dont la grandeur n'a point encore été suffisamment reconnue, en rassemblant ainsi, sur un même lieu, des points les plus opposés, tous les débris de la race sainte et primitive des Pélasges, pour en faire naître la nation romaine, et pour montrer dans celle-ci l'éclatante revanche de leur défaite et de leur oppression.

Cependant plus Virgile s'enfonce dans les ténèbres des temps, plus il remonte à la source même des peuples, plus aussi il doit perdre nécessairement la trace des hommes qu'il veut introduire dans son poème. Que peut-il surnager de ces races, dont les malheureux restes furent encore accablés par le dédain des vainqueurs? Quels héros citer parmi ces Pélasges que les nations conquérantes nous ont offerts partout comme tombant sous l'extermination et sous l'esclavage? Quel cortége pouvait-on composer à Enée avec tous ces proscrits dont les noms mêmes avaient péri? Virgile, forcé d'inventer ses héros, ne put leur prêter la vie que ceux de l'Iliade tirèrent de la réalité même ; quand il chanta leurs combats, ne croyant pas à leur existence, il fit de merveilleux efforts pour éblouir les yeux par les traits de leur bravoure ; mais il oublia de les marquer eux-mêmes de ce cachet intime et personnel que le génie ne peut emprunter qu'à la nature. Il sentit si bien son impuissance à faire toucher leur individualité , qu'il ne leur trouva pas de plus grand mérite que de pouvoir faire honneur de leur nom à quelque noble famille romaine. En montrant dans Mnestheus l'origine des Memmius, dans Sergeste celle des Sergius, dans Cloanthe celle des Cluentes, il intéressa, sans doute, le présent de Rome à la fiction de son lointain récit. Mais peut-on comparer les combats de ces ombres de héros, aux luttes puissantes d'Ajax, de Patrocle, de Diomède, ces types merveilleux de toutes les sortes de courage ?

Il faut donc le reconnaître, les six derniers livres de l'Enéïde, destitués de cette force qu'un sentiment énergique de l'individualité peut seul donner aux aventures de la guerre, sont foncièrement inférieurs à l'Iliade dont ils offrent l'imitation. Virgile ne pouvait cependant pas en dresser le plan autrement, et il en a corrigé de son mieux la faiblesse inévitable. Il savait que, pour faire un poème qui devînt vraiment l'épopée de Rome, il fallait tracer des peintures guerrières, et invoquer la muse des batailles ; dès le commencement, il avait mis son œuvre sous la protection des armes :

> Arma virumque cano......

Après avoir fourni la moitié de sa course, sans tenir les promesses de ce début, il se ravise enfin :

> . . . . Dicam horrida bella
> Dicam acies actosque animis in funera reges,
> Tyrrhenamque manum, totamque sub arma coactam

Hesperiam. Major rerum mihi nascitur ordo;
Majus opus moveo (1).

Qui pouvait faire croire à Virgile que, comme il l'annonce dans ces vers, la seconde partie de son poème était en effet la plus importante? Sans doute M. de Chateaubriand a dit avec raison : « Les six derniers livres de l'Enéïde contiennent peut-être des beautés plus originales, plus appartenant en propre au génie de Virgile que les six autres Ils ont une foule de mots tendres, de pensées rêveuses. qu'on chercherait envain dans ceux-ci. » Mais la mélancolie de ces beaux épisodes de Nisus et d'Euryale, de Pallas, de Lausus, l'éclat de celui de Camille, l'artifice délicat et brillant de la versification pourraient-ils faire entièrement oublier les défauts de l'action?

Dans cette dernière partie de l'épopée, Virgile se sentait, je pense, soutenu par un charme plus sûr que celui des chastes tristesses de son génie. C'était par Rome même qu'il comptait y attacher les Romains. En effet, il y a annoncé les destinées de la ville éternelle par tous les moyens imaginables, par le dénombrement des races Italiennes qu'elle soumit plus tard, par le contraste de la simplicité des compagnons d'Evandre avec le faste des contemporains d'Octave, par la description du bouclier prophétique d'Enée, par les délibérations du Conseil des Dieux qui joignent les plus lointaines prévisions aux querelles actuelles, par les pro-

(1) *Æneis*. lib. VII.

messes que les divinités mêmes ennemies font aux descendants d'Iule. Il a accompli une œuvre pieuse en posant ainsi dans l'ordre originaire et sacré de la mythologie, cette Rome qui s'était si glorieusement établie dans l'ordre positif et politique de l'histoire; il a donné un gage éclatant aux progrès des siècles, et noblement concouru aux desseins régénérateurs d'Auguste, en substituant l'intérêt même de l'Empire à celui que les héros troyens et latins ne pouvaient inspirer; il s'est montré disciple fidèle de la nature, en appliquant ses lois au monde moral, et en faisant planer la pensée de la société au-dessus des passions de l'individu. Mais ce que je dis à la louange de sa raison ne sert-il pas à faire comprendre ce que son génie fut inhabile à exprimer dans un endroit dont la fougue des héros et des combats devait fournir les plus beaux ornements?

Les mêmes motifs me paraissent montrer la supériorité des six premiers livres de l'Enéide. Sans doute, l'Odyssée a un charme particulier, inimitable, unique ; dans cette épopée de la vie domestique, Homère touche merveilleusement les ressorts les plus secrets des caractères humains ; il vous les fait connaître par une foule de détails ravissants, mêlés à des aventures sans fin ; il a une familiarité exquise, une grâce naturelle et parfaite, une expérience complète et pourtant souriante que personne n'égalera jamais ; mais c'est dans le cercle restreint de l'individu et dans les bornes de la terre qu'il déploie ces dons admirables. Virgile s'est ouvert des horisons plus larges ; c'est par des peintures plus grandes, par des sentiments plus profonds, par des inventions plus mystérieuses qu'il remplit la partie contemplative de son poëme, et qu'il s'avance jusque sur les frontières de la pensée moderne. Homère n'eut jamais songé à peindre la ruine de Troie ; c'était un fait politique, étranger à sa manière de sentir, et à celle de ses contemporains. La colère d'Achille, les tribulations du prudent Ulysse, voilà les tableaux qui conviennent à ce peintre de l'homme. Virgile, au contraire, saisit avec empressement l'occasion de retracer la fin et le commencement des états ; il chante le désastre de Troie avec une grandeur et une force dignes des plus puissantes inspirations d'Homère ; s'il fait naître entre Enée et Didon une passion inconnue aux héros de l'Iliade et de l'Odyssée, c'est moins pour toucher ses lecteurs par les grâces et par les violences de cet amour, que pour les émouvoir par les effets qu'en doivent éprouver Rome et le monde entier lié à sa fortune. Mais il ne se borne pas à ajouter ainsi au cercle individuel, le cercle politique ; il en ouvre un plus vaste, dans les régions de l'invisible ; en s'aventurant, sur la foi de la religion et de la philosophie antiques, dans les demeures souterraines du Styx, il fraye une voie sublime au spiritualisme de la poësie chrétienne ; le sentiment qui l'a fait pénétrer dans ces mystères, est le même qui l'a jeté dans les bras de la nature ; c'est le besoin d'échapper aux misères et aux souillures du présent, de se réfugier dans l'ordre éternel des choses, de soulever le voile de l'espace et du temps, qui l'a abouché avec les dieux des enfers, comme avec ceux des campagnes ; c'est en forçant la nature à lui livrer ses secrets, qu'il a appris à approfondir ceux de la destinée de l'homme. Les vagues harmonies de la terre lui ont enseigné le sens caché sous toutes les apparences ; elles lui ont révélé cette religion de l'immatériel et de l'infini, dont il fut le poète préféré après en avoir été le précurseur.

Ces beautés et ces imperfections que l'Enéïde renferme, se résument parfaitement dans le héros dont elle porte le nom. Le caractère d'Enée semble formé de celui d'Achille et de celui d'Ulysse réunis sous l'influence d'un sentiment plus élevé que celui qui leur avait donné naissance. Achille est toujours en fureur ; ses colères mettent les Grecs en péril, et causent, outre mille autres morts, celle de son ami Patrocle ; aussi, en lisant l'œuvre extraordinaire où Shakespeare a raconté, à sa façon, la guerre de Troie, trouve-t-on quelque raison aux ironies dont Thersite poursuit la valeur brutale du fils de Pélée et de ses compagnons. Enée est vaillant ; mais son courage est tempéré par la piété. C'est Turnus qui joue dans l'Enéïde le rôle violent et irascible d'Achille ; mais Turnus est vaincu par Enée. Qu'il y a loin aussi de la prudence d'Ulysse à la piété du fils d'Anchise! La modération du premier vient de ses défiances et participe de ses ruses; celle du second a son siége dans les plus hautes régions de l'ame, et sa source dans le respect des dieux.

Qu'est-ce que la piété d'Enée? cette vertu ne consiste point dans une aveugle soumission, dans des pratiques arides. mais, au contraire, dans l'agrandissement que donne à l'esprit de l'homme la conscience des lois divines. Montrer jusqu'où peut aller la puissance et l'audace du génie humain, voilà ce qui fait le héros. Savoir où commence la volonté et le pouvoir du ciel, s'incliner devant sa loi, y soumettre son cœur, disposer sa raison à mieux comprendre Dieu pour lui mieux obéir, voilà la véritable piété. Entre l'héroïsme et la piété, même compris dans ces termes, il est difficile d'établir un juste équilibre; fut-il aisé de les accorder ensemble, il ne le serait pas de soutenir, au milieu d'une action semblable à celle de l'Iliade, un caractère formé de leur fusion. Aussi le personnage d'Enée donne-t-il aux combats des six derniers livres de l'épopée latine je ne sais quel aspect pacifique qui me paraît avoir plus d'inconvénients que d'originalité ; mais, dans les six premiers livres, il se prête admirablement à toutes les grandes pensées que Virgile tenait des philosophes grecs, et par lesquelles il semble avoir annoncé le monde moderne.

Enée est évidemment une personnification idéale d'Auguste. On reprochait à l'empereur son peu de courage ; on dirait que Virgile eut à cœur de montrer que cette qualité n'était vraiment grande et vraiment utile que lorsqu'elle est unie à l'élévation de l'esprit et à la sérénité de l'ame. La piété filiale, le respect des dieux, le titre de fondateur de la puissance romaine, convenaient également au héros et à l'objet des fictions du poète. Mais Enée n'est pas seulement un symbole politique, c'est aussi un grand type philosophique. On a comparé ses sentiments aux doctrines morales de l'antiquité. Mais dans quel système de cette époque pourrait-on trouver l'union de la liberté qui fait les héros, avec l'obédience qui fait les hommes pieux ? Il est inutile de chercher un caractère semblable à celui d'Enée parmi les sectateurs d'Epicure, qui en niant le concours des Dieux dans les choses terrestres y nie même la liberté et livre l'homme comme un jouet à toutes les impressions extérieures. Le trouvera-t-on parmi les disciples de Zénon, qui entre le destin et le principe personnel établit une lutte acharnée dans laquelle il ne s'agit que d'orgueil et de fierté ? Il est hors de doute que Virgile a voulu montrer dans Enée l'exemple de l'homme éprouvé par le sort.

> Disce, puer, virtutem ex me famamque laborum,
> Fortunam ex aliis (1)....

Mais, après avoir emprunté son type aux Stoïciens, emporté par ses pressentiments et par ceux de son époque, il a dépassé le modèle qu'il s'était donné, et il est entré en plein dans la doctrine chrétienne, qui la première a proclamé l'alliance de la liberté et de la fatalité.

On voit au Vatican un manuscrit des poèmes de Virgile, orné d'images qui semblent être les dernières œuvres de l'art antique,

(1) *Æneis*. lib. XXII.

et qui en ont perpétué le souvenir au milieu du Moyen-Age; on voit à Milan, à la bibliothèque Ambroisienne, un autre manuscrit semblable, que Pétrarque a couvert de ses annotations, et dont les miniatures datent de l'origine de la Renaissance. C'est Virgile qui a reçu les derniers respects de l'antiquité expirante ; c'est lui qui a reçu les premiers hommages de l'esprit moderne. En admirant ces précieuses reliques, on comprend que le Dante acquitta envers Virgile la dette des nations chrétiennes, lorsqu'il le prit pour guide dans ses voyages à travers les sphères de l'infini. Ce ne fut pas en vain que le poète antique interrogea la nature; comme le prophète des temps primitifs, il frappa le rocher de sa baguette magique, et la pierre donna passage à une eau limpide. A cette voix virginale qui invoquait la pureté sous les antres des bergers, sous la chaumière des laboureurs, sous les tentes des fondateurs de la puissance romaine, ce fut le christianisme qui répondit; ce fut lui qui réalisa dans le monde cet ordre moral, dont le poète avait cherché partout l'image, l'annonce et l'accès. Homère avait représenté l'homme prenant avec ivresse possession de lui-même, et de la terre soumise à sa souveraineté. Virgile, fatigué des vices et des discordes dont l'homme souillait sa demeure, fit un appel aux dieux qui l'y avaient placé, et leur demanda d'y rétablir leur empire; le Dante s'introduisit à sa suite dans les sanctuaires les plus élevés des lois divines; il ne fut pas seul à marcher sur ces traces augustes. Lorsque le spiritualisme eut lui-même été mis en oubli au milieu des réactions de la Renaissance, les poètes empruntèrent à Virgile son paganisme épuré, comme leurs prédécesseurs avaient profité de ses aspirations poétiques au christianisme. Ne voit-on pas l'ombre de Camille, cette sublime amazone, traverser sous mille formes le poème d'Arioste et celui du Tasse, son disciple fidèle? N'aperçoit-on pas, dans les Lusiades de Camoëns, l'imitation des aventures maritimes d'Enée? Le poète d'Auguste a laissé des traces ineffaçables dans la littérature de la France, dans l'élégante clarté de sa langue, dans les grâces nobles et correctes de son grand siècle. N'a-t-il pas nourri Racine avec les tendresses et les fureurs du quatrième chant de l'Enéide? N'avons-nous pas retrouvé ses idées et son esprit dans les penseurs du siècle dernier, dans les poètes du nôtre? Au milieu des oscillations qui semblent devoir balancer désormais le monde entre l'élément antique et l'élément moderne, qui peut dire combien comptera d'imitateurs et quelle influence obtiendra encore le divin génie qui, en confondant ses souvenirs et ses pressentiments, a réuni ces deux éléments dans une harmonie dont son époque emporta sans doute le secret!

Vu par nous doyen de la Faculté,

Lyon, le 16 mars 1860.

Reynaud.

Permis d'imprimer,

Le Recteur de l'Académie de Lyon,

J. Soulacroix.

ERRATA.

Pag. 8, ligne 7, ne les dépassât, *lisez* : ne le dépassât.

Pag. 15, ligne 17, Vicene produisait, *lisez* : Vicence produisait.

Pag. 27, ligne 14, Lustramusque Jovi, votisque incendimus aras,
lisez : Lustramurque Jovi, votisque incendimus aras.

Pag. 28, ligne 15, livres sybillins, *lisez* : livres sibyllins.

Pag. 36, dernière ligne, la physiologie a pris, *lisez* : la physiologie a conquis.

www.ingramcontent.com/pod-product-compliance
Ingram Content Group UK Ltd.
Pitfield, Milton Keynes, MK11 3LW, UK
UKHW020956180726
13838UKWH00003B/1352